Conoce nuestros productos en esta página, danos tu opinión y descárgate gratis nuestro catálogo.

www.everest.es

Dirección Editorial: Raquel López Varela
Coordinación Editorial: Ana María García Alonso
Traducción: Alberto Jiménez Rioja
Revisión de los textos en inglés: Andrew Hastings
Maquetación: Cristina A. Rejas Manzanera
Diseño de cubierta: Darrell Smith
Ilustración: Malena F. Alzu y Esther Pérez-Cuadrado

© EDITORIAL EVEREST, S. A.
Carretera León-A Coruña, km 5 - LEÓN
ISBN: 978-84-441-4821-2
Depósito legal: LE. 690-2012
Printed in Spain - Impreso en España

EDITORIAL EVERGRÁFICAS, S. L.
Carretera León-A Coruña, km 5
LEÓN (España)
Atención al cliente: 902 123 400

Juan y las habichuelas mágicas

Jack and the Beanstalk

Juan y las habichuelas mágicas

Jack and the Beanstalk

Ilustrado por Malena F. Alzu y Esther Pérez-Cuadrado

everest

Érase una vez una pobre viuda que vivía con Juan, su único hijo. Eran pobres, solo tenían una vaca, Blancaleche, a la que ordeñaban todas las mañanas para vender la leche en el mercado.

Once upon a time, there was a poor widow who lived with her only son, named Jack. They were poor, they only had a cow, Milky White, which they milked every morning to take the milk to market to sell.

Pero un triste día Blancaleche dejó de dar leche y las cosas se pusieron feas de verdad.

—No te preocupes, madre —dijo Juan—. Venderemos a Blancaleche. Confía en mí, cerraré un buen trato.

Y se fue al mercado con la vaca.

But one sad day, Milky White gave no more milk and then things looked bad indeed. "Never mind, mother," said Jack. "We must sell Milky White. Trust me, I will get a good bargain," and away he went to market with the cow.

Caminaba silbando cuando se encontró con un carnicero.

—Buenos días —dijo el carnicero.

—Buenos días, señor —respondió Juan.

—¿Dónde vas? —preguntó el carnicero.

—Voy al mercado a vender nuestra vaca.

He was walking along, whistling, when he met a butcher.

"Good morning," said the butcher.

"Good morning, sir," answered Jack.

"Where are you going?" said the butcher.

"I am going to market to sell our cow."

El carnicero sacó de su bolsillo cinco habichuelas de aspecto raro.

—¿Qué dirías que son? —preguntó.

—Habichuelas —contestó Juan.

—Sí, habichuelas, pero son maravillosas; si se plantan por la noche, a la mañana siguiente habrán crecido hasta el cielo. No me importa cambiártelas por esa vaca.

The butcher pulled five curious-looking beans out of his pocket.

"What would you say these are?" he said.

"Beans," said Jack.

"Yes," said he, "beans, but they are very special. If you plant them overnight, by the next morning they'll grow up to the sky. I don't mind exchanging them for that cow."

—¡Trato hecho! —gritó Juan, tan contento con el trato que había hecho, que fue corriendo todo el camino de vuelta a casa. ¡Pero vaya! ¡Qué decepción la de su madre!

—¡A la cama! —gritó. Estaba tan enfadada que tiró las habichuelas por la ventana.

El pobre Juan se fue a la cama sin cenar.

"Done!" cried Jack, who was so delighted with the bargain that he ran all the way home. But oh! how disappointed his mother was.

"Off to bed with you!" she cried. She was so angry that she threw the beans out of the window. So poor Jack went to bed without any supper.

Pero cuando se levantó a la mañana siguiente, vio asombrado que junto a su ventana crecía un enorme tallo de habichuelas que subía hacia el cielo. Salió por la ventana del cuarto y empezó a trepar por él.

When he woke up the next morning, he saw beside his window a great beanstalk which stretched up into the sky. Jack stepped out of the window, onto the beanstalk and began to climb upwards.

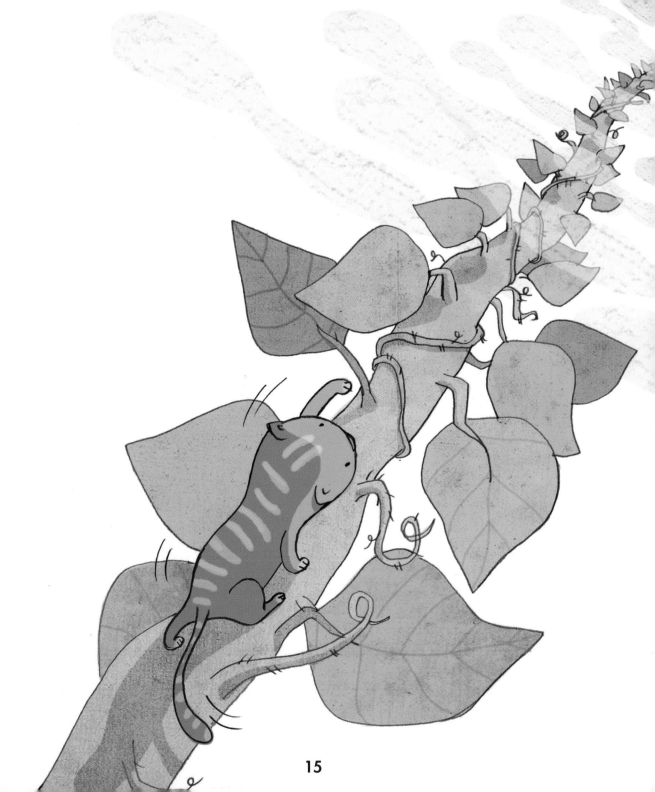

Al rato se encontró en un campo muy bonito con un castillo. En aquel castillo vivía un gigante. Juan vio a la esposa del gigante ante la puerta y le dijo:

—Por favor, señora, ¿podría darme algo de desayuno? Desde ayer no he comido nada.

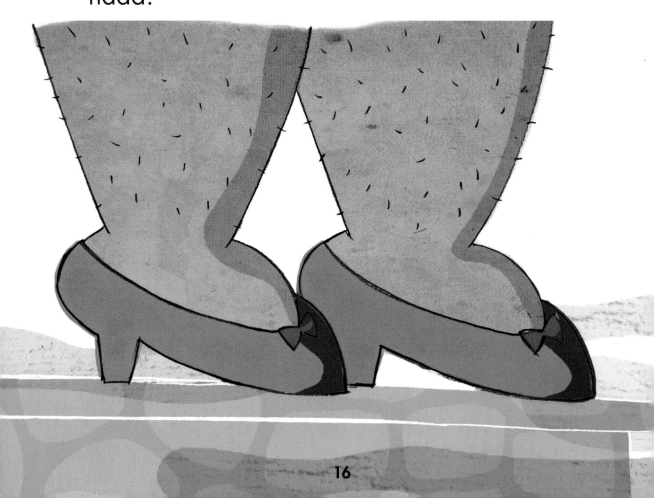

Soon he found himself in a beautiful country with a castle. In that castle lived a giant. Jack saw the giant's wife standing at the door and said, "If you please, ma'am, would you kindly give me some breakfast? I have had nothing to eat since yesterday."

Pues bien, la esposa del gigante tenía
muy buen corazón, así que le preparó
un buen desayuno, pero cuando estaba
terminando, se escuchó un terrible golpazo
en la puerta de la casa.

Now, the giant's wife had a kind heart, so she gave him a good breakfast, but before he had finished it there came a terrible knock at the front door.

—¡Madre mía, es mi marido! —exclamó la giganta—. Tenemos que esconderte en alguna parte.

Levantó a Juan y lo metió en el horno.

"Dear me, that is my husband!" said the giantess. "We must hide you somewhere." So she picked Jack up and put him in the oven.

En cuanto la esposa del gigante abrió
la puerta, su marido rugió:

—¿Dónde está el niño, mujer? ¡Lo huelo,
lo huelo!

—¡Bobadas! —contestó la esposa—. Te
confundes. Es el buey lo que hueles.

No sooner had the giant's wife opened
the door than her husband roared out,
"Where is the child, wife? I smell him,
I smell him!"

"Nonsense!" said his wife. "You must be
mistaken. It's the ox you smell."

El gigante se sentó y se comió la mayor parte del buey y cuando terminó dijo:

—Mujer, tráeme mis bolsas de dinero.

Así lo hizo su mujer y el gigante se puso a contar el dinero. Pero pronto le venció el sueño.

Juan salió sigilosamente, agarró las bolsas y bajó por el tallo.

So he sat down, and ate up the greater part of the ox. When he had finished he said,

"Wife, bring me my money bags."

So his wife did, and the giant began to count his money. But soon he was fast asleep.

Then Jack crept out, snatched up the bags and made his way down the beanstalk.

Juan y su madre eran ahora ricos, pero el chico no podía pasarse sin saber cómo iban las cosas en el castillo del gigante, así que subió una vez más. En esta ocasión, Juan robó una gallina que ponía huevos de oro. Su madre y él ahora tenían más dinero del que podían gastar.

Jack and his mother were now rich, but it occurred to him one day that he would like to see how things were going on up in the giant's castle, so he climbed up once again. This time Jack stole a hen that laid golden eggs. He and his mother now had more money than they could spend.

Juan, sin embargo, no dejaba de pensar en el tallo. Un buen día salió de nuevo por la ventana y volvió a trepar arriba, arriba y más arriba hasta que alcanzó la cima.

Al poco rato, llegó el gigante a la casa:

—¿Dónde está el niño, mujer? ¡Lo huelo, lo huelo!

But Jack did not stop thinking about the beanstalk and one day he crept out of the window again and climbed up, and up, and up, and up, until he reached the top.

Soon, the giant came home, "Where is the child, wife? I smell him, smell him!"

—¿Qué niño? ¿El que se robó el oro y la gallina? Se esconde en el horno, estoy segura.

Por suerte Juan se había escondido en un arcón, así que el gigante no lo encontró.

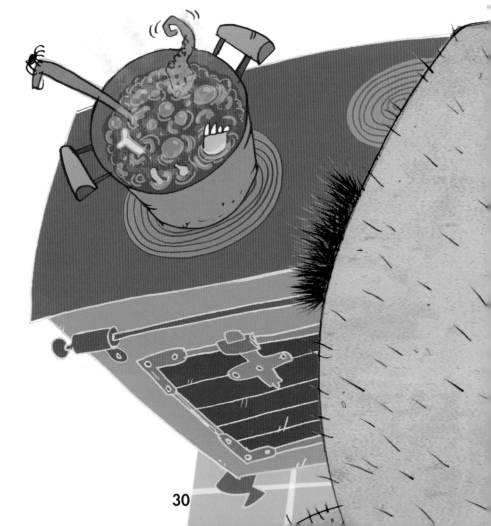

"What child? The one who stole your gold and your hen? He is hiding in the oven, for sure." But this time John had hidden in a chest, so the giant didn't find him.

El gigante le pidió a su esposa que le trajera su arpa de oro. El arpa empezó a entonar las melodías más bellas. Pronto el gigante se durmió y Juan aprovechó para salir silenciosamente del arcón y apoderarse del arpa. Pero esta empezó a gritar. El gigante se despertó y alcanzó a ver a Juan salir corriendo por la puerta de la cocina.

The giant asked his wife to bring him his golden harp. The harp began to sing the most beautiful songs and the giant soon fell fast asleep. Then Jack crept quietly out of the chest and seized hold of the harp, but the harp cried out. The giant woke up just in time to see Jack running out of the kitchen door.

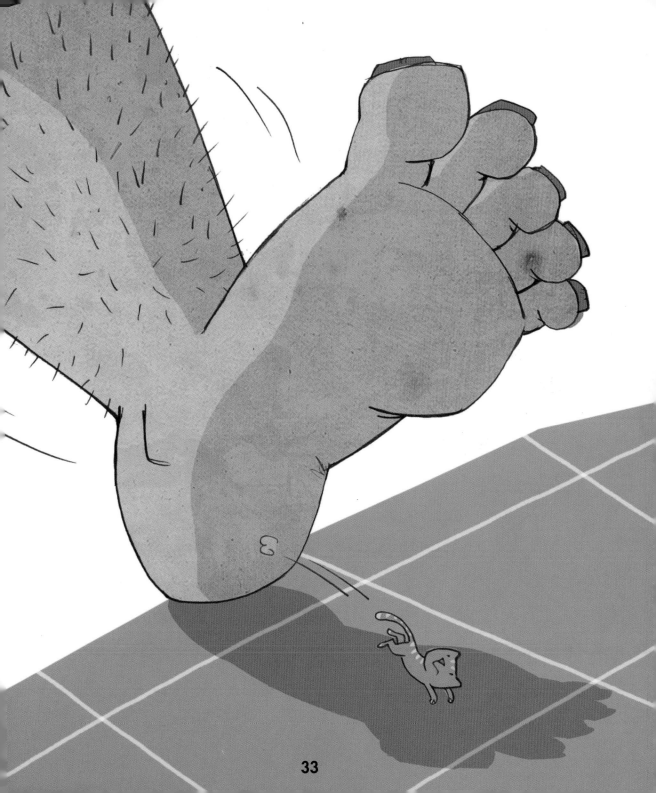

33

Juan bajó a toda prisa por el tallo. Al ver que el gigante le seguía gritó:

—¡Madre, tráeme el hacha!

La viuda se apresuró a traerla. Una vez en tierra, Juan cortó el tallo.

Jack climbed down the beanstalk. When he saw that the giant was coming after him, he called out, "Mother, bring me the axe!" and the widow hurried out with it. Jack had no sooner reached the ground than he cut down the beanstalk.

El gigante cayó al suelo con un estrépito descomunal y ese fue su fin. Qué fue de la giganta y el castillo nadie lo sabe, pero Juan y su madre se convirtieron en personas muy ricas y vivieron felices para siempre.

Down came the giant with a tremendous crash, and that was the end of him. What became of the giantess and the castle, nobody knows, but Jack and his mother grew very rich, and lived happily ever after.